푸른사상 시선 186

내가 지켜내려 했던 것들이 나를 지키고

푸른사상 시선 186

내가 지켜내려 했던 것들이 나를 지키고

인쇄 · 2023년 12월 26일 | 발행 · 2023년 12월 31일

지은이 · 김용아
펴낸이 · 한봉숙
펴낸곳 · 푸른사상사

주간 · 맹문재 | 편집 · 지순이, 김수란, 노현정 | 마케팅 · 한정규
등록 · 1999년 7월 8일 제2-2876호
주소 · 경기도 파주시 회동길 337-16(서패동 470-6) 푸른사상사
대표전화 · 031) 955-9111(2) | 팩시밀리 · 031) 955-9114
이메일 · prun21c@hanmail.net
홈페이지 · http://www.prun21c.com

ISBN 979-11-308-2128-3   03810
값 12,000원

강원
특별자치도

강원문화재단
Gangwon
Art & Culture
Foundation

이 책은 강원특별자치도, 강원문화재단 후원으로 발간(제작)되었습니다.

푸른사상
시선

186

내가 지켜내려 했던 것들이
나를 지키고

김용아 시집

푸른사상
PRUNSASANG

어느 날 대형 빵 공장에서 일하던
20대 노동자가
집으로 돌아가지 못했다는
이야기를 들었습니다

내가 자주 이용하는 곳은 아니었지만
그렇다고 다행이라고
여겨지지는 않았습니다

집으로 돌아가지 못한
이들이 무사히 돌아가게 하는 일

강이 있는 그대로 흐르게 하는 일

자신을 있는 그대로 받아들이고
그런 나를 용서하는 일

어둠 속 작은 빛으로 이어져 있어
일상을 살아가게 하는 힘

그게 시의 자리이기도 합니다

이 희미한 빛이 누군가에게
한 발 앞으로 나아가야 할
이유가 되기를

2023년 10월
김용아

| 차례 |

■ 시인의 말

제1부

| 내가 지켜내려 했던 것들이 나를 지키고 |

제2부

제3부

제4부

제1부

동백산행 기차

높은 곳을 향해 달리는 기차는 아래의 어둠을 기억하지 않는다 그런 기억은 언제나 기울어졌거나 궤도에서 벗어나기 마련이다 백산의 동쪽에서 자작나무 대신 먼저 만난 광부 사택처럼 이제 그런 일들에 좀 더 익숙해져야 한다 광업소 사택에는 광부들 대신 싼 임대료를 찾아온 세입자들이 들어와 산다는 것도 아이가 없는 학교 마을이 사라진 마을 회관 노인을 잃어버린 경로당 약이 없는 약국 먼지를 뒤집어쓴 채 진열대만 놓인 식료품점 문이 닫혀 있어도 두드리지 않은 지도 오래였다는 것도……

동백 하늘에 둥근 달이 걸렸다 기차가 달을 밀고 간다 이곳에서는 일상의 궤도에서 벗어난 기울기가 더 이상 문제가 되지 않는다 백산의 동쪽에 있다는 자작나무 숲에 어떻게 가는지 모르는 일도 같은 일이다 어쩌면 좀 더 기울어지거나 궤도에서 더 멀어진 후에 알게 되어도 괜찮을 일이다

여름 옥수수

더 이상
기차가 서지 않는
폐역의 기차 소리
버려진 공터의 마지막 퍼즐처럼
초록으로 메워지는 동안
카페인과 디카페인 반반 섞인
커피를 마시며
아직 도착하지 않은
시를 상상했어
너는

낡고 오래된 빈 의자
지나온 거리
아이들의 웃음소리
함백역에 울려퍼지는
바로크 음악
그곳에서 몇 정거장 더 지나면

사북역
그럴 때마다

검은 새

메타세쿼이아나무처럼
날아올랐어
그건 내가 어떻게 할 수 있는 것은 아니었어
유난히 긴 비가
내리고 거리를 메우는 폐역의 문장들
기차가 서지 않는

폐역의 기차 소리
여름이 지나가고 있었어

너는

가까운 세계

너는 돌아올 것이라는 할머니의 말

수용소에서 살아 돌아온 소설의 주인공은
이렇게 쓴다

어떤 말은 사람을 살리기도 한다*

편도 비행기
네팔행 아이의 엄마에게 믹스 커피를 드리며
아이는 엄마를 기다릴 것이라고 말한다

떠나는 엄마는 아무런 대답을 하지 않는다
마른 우물처럼 비어버린 눈동자의 바닥은 하늘이다

그곳에 가닿는 일
기도하겠다는 말만 덧붙인다

네팔로 간 아이의 엄마로부터
달빛 소식이 도착한다

지구의 그림자에 서서히 먹히는 달
할머니의 말 그대로
당신은 돌아올 것이라고 수정을 한다

아이에게 검은 어둠보다 빛이 더 가까이 있다고
말한 저녁이기도 했다

* 헤르타 뮐러의 『숨그네』에서 빌려옴.

이팝꽃
— 2022. 10. 29. 이태원으로부터

새들은 영월 서강(西江)에 와서 자신의 발자국을 남긴다

검은 새벽

도시의 새들이 서강의 강변에 다다른 이유는
발자국의 숫자만큼이나 다르다

어디로든 이어져 있으리라

아득한

산맥을 넘고
수계를 달리하는 동안

접히고 접힌
펼쳐보지 못한 책의 문장들처럼

떠나보내지 못한 시간들

다시 날아오르기 위해 필요한 것은

날개만이 아니다

마지막 발자국
새들이 모두 떠난 아침

여름이 시작되었다

이팝꽃

무리 지어 졌다

비누 연습*
— 집으로 돌아가지 못한 SPC 노동자를 위하여

　오늘의 기다림도 보통 때와 다르지 않았지요. 창문 틈으로 파란 하늘이 보였고 아직 물들기에는 이른 나무 아마도 은행나무였을 수도 있고 버즘나무 플라타너스였을 수도 있었으나 하나의 가지로 무엇인지 말하기는 어려웠지요. 간혹 나의 조상 프랑시스 퐁주가 8년 동안 썼던 무화과나무일지도 모른다는 상상으로 가슴이 설레기도 했지만 더 나아가지는 않았어요. 왜냐하면 내 마음이 여기가 아닌 다른 곳에 있기를 바라지는 않았기 때문이지요. 반죽기를 맨손으로 만지다 묻힌 밀가루 오랜 노동 시간으로 밀 냄새가 뼈 속까지 스며든 손이 나를 만지는 순간 문득 그런 생각이 들었어요. 내가 그녀를 기다린 게 아니라 그녀가 나를 간절히 기다렸다고.

　시간제 노동자들도 예외가 아니었지요. 2시간을 혹은 3시간을 여러 번 옮겨 다녀야 하루가 끝난다는 것을 잘 알기 때문이었지요. 그녀가 나를 손에 잡았을 때만큼은 여기가 아닌 다른 곳에 있기를 바라지 않는 내 마음처럼 그녀의 마음 또한 이곳에 머물고 있다는 것이 전해졌어요. 차갑지만 결코 무례하지 않는 두 손으로 마치 기도하듯 거품을 내며 드

디어 일에서 놓여났다는 안도의 숨을 몰아쉴 때 손가락 사이로 빠져나가는 희미한 빛 중력에서 잠시 벗어난 그것은 탐사선처럼 우주 어딘가를 떠돌고 있는 또 다른 나를 향해 빠르게 나아가다 문득 멈춰 섰지요. 우주 밖 먼지처럼 빛나는 나의 작은 별 여기에 있는 게 네가 아니어서 다행일지도 모르겠다는 낮은 소리가 거품 속으로 스며들 무렵 원래 있던 자리에 놓입니다. 그것은 좀 더 작아지고 모서리가 닳긴 했지만 사라지는 데 좀 더 긴 기다림이 필요하다는 것을 의미하는 것이기도 했지요.

뜻밖의 긴 기다림 끝에 다가온 것은 나를 기다리던 익숙한 손길이 아니었어요. 그때 들었어요. 그녀가 작업장에서 돌아오지 못했다는 것을요. 저도 당연히 쓰레기통 속으로 버려졌지요. 닳아 없어지지 않은 채 사라지는 것들의 마지막은 어쩌면 닮은 것 같습니다. 하루 내내 모래바람이 일어나는 붉은 행성을 지나 어딘가로 끊임없이 나를 찾아 떠나는 희미하게 빛나는 별 비누 거품을 내며 손을 깨끗이 씻은 누구나 집으로 돌아가게 하고 싶은 그 마음이 언젠가 그녀를 집으로 돌아가게 해줄 것이기에 그곳에 가닿는 일은 좀 더 늦어도 괜찮을 일입니다.

* 프랑시스 퐁주, 『비누』(2021), '비누 연습'에서 빌려옴.

먼 길

서울에서 151번 버스를 타고
다니던 소녀상
영월까지 내려왔다

라디오스타 야외 박물관
동해 바다를 뒤로한 채
앉은 소녀는
곧 건너야 할 바다의
깊이를 알지 못하는 듯
의자에 앉아 있다

그날 이후
소녀는 집으로 돌아가지 못했다
먼 길 돌아
이곳에 다시 앉은 이유는
단 하나
돌아가기 위해서였다
집으로

배관공의 비눗갑

두 평 남짓 욕실 세면대
안으로 미끄러지는 비누
남자의 모든 것은
라벤더 향기와 함께
사라진다

바람 불 때마다 검은 분진
실어 나르는 자작나무 이파리들
남자가 지켜내려 한 것은
거대한 폐재를 받쳐줄
배관선이었으나

어쩌면
검은 용접으로 굳어진
그의 살갗 안에서
녹아 사라지는 보라색
비누 조각이
지켜내야 할 전부였는지도
모른다

닳아 없어진 건 남자의
무릎 연골만이 아니다
정사각형 모서리조차
다 지우고 남은
라벤더 향
욕실 천장을 채운다

너희들은 꽃단풍으로 살라 하였으나
― 전태일 열사 50주기에 부쳐

평화시장 내가 떠난 그곳으로 들어와
시다가 된 열네 살 완희*는
강원탄광에서 시퍼렇게 져버렸고
그게 마지막이길 두 손 모았으나
이 길에는 왜 끝이 보이지 않는지
마트 계산대 반도체 공장에서
12시간 16시간
잔업으로 쓰러지거나
병들어 서서히 죽어가거나
무너진 비계 더미에 깔리거나
지하철 스크린도어에 끼이거나
시멘트회사 발전소
끼인 컨베이어 벨트에 또 끼여
마지막 말 한마디 남기지 못한 채
져버린 내 누이여 아우여
너희들만은 어두운 곳
환하게 밝히는 구절초처럼
산허리 붉게 물들이는
꽃단풍으로 살라 하였으나
지구를 몇 바퀴 돌고도

멈추지 못하는 배달 라이더들처럼
반세기를 돌고 돌아
스물두 살 그날 그 자리
오늘 나는 불길 속으로 던졌던
근로기준법을 꺼내 다시 펼쳐 든다
저 먼 곳 꽃단풍이 걸어온다

* 성완희 열사(1959~1988).

폐재에서

모두가 다 떠나도
떠나지 못하는 이들이 있다
뿌리를 두고 싶지 않아 떠났는데
다 떠났다고 생각했는데
몸만 빠져나왔다

떠나지 못한 건
막장에서 살아나오지 못한
광부들만이 아니었다
뿌리는 그대로 남았다

그곳이 여전히 검은 건
바람이 되지 못한 채
썩지도 않은 채 멀쩡히
살아 있는 바로 그 뿌리 때문이다

오늘 그곳에서 그를 보고 왔다
검은 얼굴 그대로인 채
웃고 서 있는 그는
아무리 손을 흔들어도

철길 너머 이쪽으로
건너오지 않는다

검은 폐재를 사이에 두고
떠나지 못한 건
그뿐만이 아니라는 것을

먼 여행

중국에서 건너온
그 남자는 호구가 없어
자신이 태어난 곳에서조차도
없는 사람이었다

어느 곳에서도 존재하지 않았지만
남의 이름을 빌려
이 나라로 건너와
무국적자로 살던 그가
경북 안동에서 세상을 등졌다

오롯이 몸만 남은 그에게
그제서야 국가가 묻는다
당신은 어디에서 온 누구냐고

빌려온 이름으로는 열리지 않는
화장장 문 앞
그때서부터 시작된 나 찾기

오직 나여야만 돌아갈 수 있는

그곳으로 나아가기 위해
53년 동안 잃어버렸던
시간을 향해 거슬러오른다

어느 봄날에

17년 만에 만난 그는
스님이 되어 있었다
목이 아파서 이판은 되지 못하고
사판이 되었다고
폐광된 지 얼마 지나지 않은 때
동원탄좌로 가기 위해
지나야 했던 안경다리
우리가 그곳에 갔던 것은
떠나보내야 할 것들 때문이 아니라
아직 오지 않은 그 무엇이
미처 다 캐지 못한 광맥처럼
묻혀 있을 것이라
믿었기 때문이었다
흑백 필름처럼 마주한 스님은
더 이상 그곳을 떠나지 못한 채
남은 광부의 이야기를 들으며
함께 막막해하던 그는 아니다
그런데도 그가 앞에 앉은 것은
여전히 그 안경다리 안에 갇힌
우리의 시간을 불러내기 위한 것일지도

모른다는 기대가
꽃가루처럼 날린다
5월이 아직 끝나지 않은 날
하얀 꽃이 진다

더 먼 곳에서 돌아온 남자

남자가 안개의 그림자 빛의 잔상 서녘의 끝 무렵 역에서
부터 걸어온다 검은 가방을 들고 정육점 안으로 들어선다
흰 뼛속까지 드러난 동물 잔해 사이 젊은 여자의 눈이 남자
의 눈썹 그림자에 머문다 동물의 늑골처럼 그녀의 눈 가장
자리는 붉다

*남편이 당신 이야기를 한 적이 있어요 먼 곳에 있다고 가
장 먼 곳에 있는 마지막 사람이라고 돌아오는 시간은 가는
시간보다 더 오래 걸린다고 남편은 기다려야 한다고 했어요
남편은 당신을 기다리는 마지막 사람 그리고 당신은*

*그곳을 여자가 묻자 남자는 가방에서 석탄보다 더 검은
물건을 꺼낸다 몰래 가지고 나온 비누입니다 그곳에서 나오
려면 이렇게 되어야 합니다 연두였던 색은 숨겨야만 합니다
거품이어서도 향기이어서도 안 됩니다 어두운 바닥 스며든
비누 한 방울은 빛이 되리라…… 봄 숲을 환하게 밝히는 야
광나무로 피어나리라……*

남자는 빛이 무너진 거리로 나와 걷기 시작한다 남자는
기다리는 한 사람 때문이었다는 말을 전한 것이다 태백역
이정표가 천천히 나타난다 남자의 손에 가방이 들려 있다

어떤 복직식

나는 기억한다

태백 공무원노조 지부장이자
2004년 민주노동당 태백 · 영월 · 평창 정선 위원장으로
민주노동당 국회의원 후보이기도 하였던
조규오 위원장은

공무원 노동기본권을 주장하다
해고된 지 17년 만인
2021년 6월 29일 복직을 하는 데
채 30분도 걸리지 않았다는 것을
복직식을 한 다음 날
바로 퇴직을 하였다는 것을

퇴임사에서
일을 미루지 않고 누군가가 해야 할 일이라면
'내가 하자' 라는 생각으로
달려왔다는 것을

그 쪽동백나무 같은 다짐이
긴 기다림을 낳았다는 것을

터널 안에 보선원이 있다

주황색 안전복에
하얀 안전모를 쓴 보선원들이
터널 안 어둠 속에서
지나가는 기차를 향해
손을 흔든다

잘 지나가라고
무사히 어딘가에 가닿으라고
조금 전까지 선로를 보수했을
거친 그 손길이 있어
덜컹거리면서도 지나간다

오직 작은 빛에 기대
앞으로 나아가는 기차를 향한
따뜻한 그 손길이 있어
흔들리면서도 지나간다

뒤돌아보면 다 지워지고
캄캄한 어둠뿐인 그곳 향해
늦었지만 손을 흔든다

8분 46초

미국 미네소타주에서
백인 경찰관 데릭 쇼빈이
비무장 상태인
흑인 조지 플로이드를
바닥에 쓰러뜨린 뒤
목을 누른 시간이다
'엄마, 숨을 쉴 수 없어요'라고
호소하던 그가
숨을 내쉬기 위해
기다린 시간이다
8분 46초
지구가 내려앉는
시간이었다
우주가 내려앉은
시간이었다

제2부

리멤버 희망버스

그녀의 꿈은
하루, 아니 한 시간이라도
자신의 자리에 서는 것이다
영원한 해고 노동자로
남지 않기 위해서가 아니라
있어야 할 곳에
자신의 두 발을
내려놓고 싶은 것이다
누군가에게는 일상인 일들이
그녀에게는 희망이다
꼭 이뤄내고 싶은 꿈이다
그 하루를 위해
그 한 시간을 위해
코로나의 어두운 밤에도
희망버스는 멈추지 않는다

꿈의 다른 이름

0.3평

1m³

금속노조 거제 통영 고성 조선 하청지회

부지회장이었던

그가 아니었더라면

대부분의 사람들이 한 번도 마음에

담지 않고 살다 갔을 단위

그의 키가 178cm 자라는 동안

점점 줄어들었던

꿈의 다른 이름이기도 했던

0.3평

"이대로 살 순 없지 않습니까!"

그렇다

이대로 살고 싶어도 살아지지 않는다

바다보다 더 거친 현장을 벗어나면

그 꿈마저 사그라져버릴 것이기에

도망치지도 않았다

그를 따라 스스로를 가둬버린
또 다른 그가 한 말도 같았다
이대로 살 순 없지 않습니까

코로나바이러스
— 코로나 백서 1

코로나바이러스 때문에
중국에서 부품이 들어오지 않자
자동차 공장이 멈췄다
그 회사 하청 식당에 다니는 친구는
그래도 매일 출근해서
바닥을 닦고
식판을 닦는다
쉬게 되면 정규직은 임금이 있지만
하청은 없기 때문이다
식판이라도
바닥이라도
닦아야 월급이 나온다
그래야 혼자
벌어먹고 산다
친구는 오늘도
식판을 닦기 위해
식당 바닥을 닦기 위해
출근한다

저물녘의 강

저물녘 강가에서
모두 같은 강을 바라보는 것 같지만
강물 소리에 섞여드는 이국의 언어
강과 가장 가까운 계단에 앉아
영상통화를 하는 외국인 노동자들
속으로 흐르는 강물처럼 낮고 깊은 목소리
간혹 어린 아이들의 웃음소리가
핸드폰 속을 벗어나
긴 장마로 높아진 강물에
발을 담그기도 하지만
끝내 어두워지는 강을 넘지 못한다
누구에게나 같은 높이로 흐르는 강이지만
이국의 아버지에게는
언제나 처음 마주하는
낯선 강이었다는 것을
올리브나무 아래에서 뛰어노는
저 먼 나라 내 아이들의 숨결 소리가
잡힐 듯 건너오는데
강은 너무 **빨리** 어두워진다

용접공

파란 불꽃이 튈 때마다
한 번도 가보지 못한
바다의 파도를 떠올렸다

다만 불이기만 했다면
견뎌내지 못했을 것이다
꽃이어서 눈멀고 귀멀었다
두 손 모으고 무릎을 꿇었다

그 땜장꽃들이 모여
수도관이 되고
공장의 기둥이 되었다
배가 만들어지고 다리가 세워졌다
깔리고 눌리고 떨어져나간 이들
위에 세워진 것들

용접 불꽃이 붉다 못해 파란 건
파도의 마지막 걸음처럼 하얀 건
소리조차 내지 못한 채
떠난 이들 때문이라고

다시는 돌아오지 못한
걸음들 때문이라고

오늘은 어쩌면
35년째 자신의 빈 자리로
돌아오기 위해
영도조선소 앞에서
복직 투쟁을 하는
단 한 사람
때문일지도 모르겠다고

파란 불꽃이 튈 때마다
한 번도 가보지 못한 바다 대신
그 한 사람이 바라보는 바다를
떠올린 이유도 그 때문일 것이다

르포가 되어버린 르포 작가

르포 작가였지만 기간제 교사를 했다
이 학교 저 학교를 옮겨 다녔다
지리 교사여서
아니, 지리 교사이자 르포 작가이기도 해서
옮겨다니는 데 불편함은 없었지만
학교생활은 점점 더 힘들어지고 있었다

마지막 기간제 교사는
코로나가 한창이던
3월에 시작되었던 것 같다
온라인 개학에서 오프라인 개학에 이르기까지
코로나라는 문명사적 위기 앞에
몸도 마음도 주춤거리고 있을 즈음
급성 스트레스증후군으로
통증이 몸을 누른다고
'어떤 예술도 생존하는 삶을 앞설 수 없다'고
페이스북에 남겼다지만

대체로 모든 이들이 동쪽에서 뜬 해가
서쪽으로 지는 일들의 사소한 일상조차

비정상이 되어버린 코로나 팬데믹의 시기
채 한 달에도 미치지 못했던 그 시간
한 편의 르포가 쓰여지기에도 부족하여
스스로 르포가 되어버린

늘 누군가를 위해
혹은 스스로의 존엄을 위해
거대한 부조리의 단단한 벽을
짧은 연필 하나로 허물던 너였기에
늘 그랬듯이 발로 뛰어다니며
결국 별일 아니었다며
털고 일어서리라 여겼다

오늘은 너의 발인이다
붉은 잠자리
어둠 뚫고
날아오른다

동인시영아파트

아폴로 11호가 달에 착륙하던 해에
지어진 동인시영아파트에 있던
너의 작업실

교동시장에서 산
보이스카우트 모자를 자랑하며
일행 중 하나가 내민
노란 수세미를 받고
검은 얼룩 번져가는 아파트를
온몸으로 막고 선
노란 은행나무처럼 환해지던 너

이 아파트와 함께 나이 든 어르신들
보행기 밀고 다니기에 이만한 데 없다고
한때는 4층까지 리어카가
다닌 적도 있었다고
그렇게 연탄이 배달되었고
김장 배추가 들어오고
이삿짐이 드나들기도 했던
나선형 복도의 그늘이 만들어낸

아파트에서

여기 아니면 갈 데 없는
어르신들을 지키고 싶어 했고
은행나무들을 지켜내고 싶어 했고
그 무엇보다 우주로 이어지는 것 같은
나선형 복도를
좀 더 오랫동안 지켜내고 싶어 했지만
실은 그 아파트가 너를 키우고 지켜냈음을

네가 마지막까지 남아 있던
어르신들의 리어카를 밀며
나선형 복도 계단을 따라
아폴로 11호가 갔던 그곳에
무사히 가닿았다는 걸 아는 건
이제 단 한 곳
동인시영아파트뿐이다

돌아온 손

구미 공단에 다닌다던 사돈
마흔 넘어 뒤늦게 결혼해서
아이도 낳았다는데
얼마 지나지 않아
프레스에 오른 손가락
네 개가 달아났다고

소식을 들은
고모 외숙모 사촌들이
5만 원 10만 원
형편 되는 대로 모아서
전해주었다는데

마취에서 깨어나
이 손으로 어떻게 살아가느냐고
어깨를 들썩였다는데

놓쳐버린 그 손을 대신하겠다는
다짐들이 모인 하얀 봉투들도
그의 어깨에 손을 얹고

함께 울었다는데

덕분에 어쩌면 그는
좀 더 빨리
놓친 오른손을
잡게 될지도 모를 일이다

갈색 안전화 한 켤레

철근에 부딪혀도 다치지 않고
가파른 비계에 서서도
쉽게 미끄러지지 않는
갈색 안전화 한 켤레

일용직이어서 지급되지 않고
일한 지 얼마 되지 않았다고
주지 않고
비정규직이어서 제외되어
미끄러지고 떨어져
집으로 돌아가지 못한 사람들

이제 그들을 집으로
돌려보내자
기다리다 지쳐 잠든
아이들과 어머니 아버지에게
누나 동생들에게

철근에 부딪혀도 다치지 않고
가파른 비계에 서서도

쉽게 미끄러지지 않는
누구에게나 평등한
갈색 안전화 한 켤레

그늘의 일

저물녘 날개에 상처를 입고
혼자 날아온 새는
무리를 놓쳤다고 했지만 버림받았다

하루 종일 색이 바랜 주황색 옷을 입고
배관 공사 현장에서 경광봉을 흔들다
돌아온 신호수는 괜찮다고 말했지만
실은 뒷골목 모퉁이 피어난 맨드라미처럼
속까지 타버렸다

철근에 긁힌 자국이 선명한
하얀 운동화를 신은 청년은
첫 출근한 아파트 공사 현장에서
안전화를 지급받지 못했다

위로 더 높이고 옆으로 넓히는 대신
누군가의 그늘이 되어주었을 때마다
늘어난 시간의 길이

천 년이 되었다는 은행나무의 그늘
의외로 넓지 않은 이유이다

안전모

펌프카가 떠나고
작업 인부들 뒤따라 떠나고
남은 빈 자리
비계에 걸린 하얀 안전모
마치 잘 여문 박처럼
어두운 저녁을 밝힌다
네가 있어서
집에서 혼자 기다리는
아들에게 돌아간다
된장찌개에 고등어구이를
밥상에 올려놓고
기다릴 엄마에게 돌아간다
안개꽃처럼 환하게 웃으며 맞아줄
누나에게 돌아간다
너는 또 다른 나다

밤의 말을 받아적다

신호수를 대신하여
건널목 자동 차단막이 올라간다
따앙 따앙 따아아앙

그렇게 부서진 것들이다
그렇게 잘려 나간 것들이다
그렇게 떨어져 나간 것들이다
그렇게 시들어버린 것들이다
그렇게 사라진 것들이다

덜컹거리면서도
앞으로 나아가는 기차 소리
간혹 빛이 있어 밝히는
우묵한 가장자리

몸의 절반이 잘려 나간 채 서 있는
측백나무의 검은 그림자
이른 추위에 시들어버린 하얀 국화

그는 붉은 행성에서 쏘아올린

희미한 빛을 따라 차단막을 내린
마지막 신호수였다

어둠에 묻힌 강을 건넌다
밤의 말은
스스로 모습을 드러내지 않는다

문신

아이 아버지 왼팔에 새겨진
용 한 마리
젊은 날 놀던 친구들과 함께
중국까지 가서 그려 왔다는데
30년이 지났어도
금방이라도 날아갈 듯하다

아이 미술학원 처음 가는 날
문신 다 드러나는 셔츠 입고
학원에 들렀다 왔다고
좋아서 선생님들
커피까지 사서 오셨다는데

긴 팔 입고 가지 그랬냐고
그래도 아이들 있는 곳이지
않느냐고 하자
이것도 그림인데 괜찮다며
활짝 핀 벚꽃처럼 웃으신다

문신은 마음의 흔적이라는데

30년 지나도록 지우지 않은 걸 보면
아직도 용이 되어
멀리 날고 싶은 마음
감추고 있는 게 분명했다

있는 그대로 봐주는 것도 배려이다

누구에게나 보여주고 싶지 않은
일들이 있다
다른 나무에 기대 피는
능소화의 일이 궁금하다고
꽃잎 다 떼어버리면
사라지는 건
꽃의 자리뿐만이 아니다.
그것을 바라보며 여름 한낮을 버티던
신호수의 마음자리도 사라진다
오직 더운 열기에도 멈추지 않는
신호수의 경광등을 바라보며
땅을 파던 굴착기 기사의
인내심도 바닥을 친다
그렇게 차례로 허물어진다
처음의 시작은
꽃잎을 지운 작은 일에서
시작되었다는 것을 아는 이는 없다
있는 그대로 봐주는 것도 배려이다

행진

신부의 아버지는
20대 중반도 되기 전에
날 선 프레스에
두 팔을 바쳤다
이제 그 젊었던
자신의 나이를 조금 넘긴
딸의 결혼식장
고무로 본뜬 의수가
딸의 손을 잡고
신랑이 서 있는 곳으로
한 발 내딛는다
몸 밖으로 달아났던 팔들도
30년 만에 돌아와
함께 걸어간다
그의 두 팔이 되어주었던
딸이 시집가는지를
잘 알고 있는 눈치다

제3부

논에는 국경이 없다

논두렁의 물꼬만 터주면
다른 논으로 물이 들어간다
윗논에서 아랫논으로
또 옆으로 흘러간다
터진 물꼬를 따라
개구리밥이 따라가고
개구리도 네 발 벌린 채
미끄러져 간다
조금 전에 헤어졌던 물
다시 만나고
개구리밥도 만나고
개구리도 만나고
다시 헤어지기를
반복하는 들녘
낮은 경계만 있을 뿐
국경은 허물어진 지
오래이다

코로나 학교 가기
— 코로나 백서 2

노란 학교 버스 타고
같은 시간 같은 학교로 가던
두 남매가
오늘은 4학년 딸만
학교로 간다

5학년 아들은
학교 버스 대신
노란 승합차를 타고
지역아동센터로 간다

다음 주에는 5학년 아들이
학교로 가고
4학년 딸은
지역아동센터로
갈 것이다

겨우 잡아놓은
건물 철거 현장에
나가야 하는데

학교 가는 시간도
가는 곳도 다른 아이들

모두 코로나 때문이라고 하니까
어디에다 하소연할 데도 없다

그냥 하늘만 보고 웃는다

거리의 아이들
— 코로나 백서 3

코로나로
갈 데 없어진 아이들이
거리를 떠돈다

학교는 이미 문을
닫은 지 오래

영하 10도라고 하는데
양말도 신지 않고
겨울 점퍼도 걸치지
않았다

오직 검고 깊은
눈빛만 살아서
산불조심 깃발처럼
펄럭인다

제7의 감각*

우리 몸이 어느 지점에서
멈춰야 할지를 알려주는 것이다
더 아래로 기울어지지 않도록
너무 빨리 앞으로 나아가지 않도록
잡아주는 것이다
하얀 구절초
바람에 흔들리는 것도 그 때문이다
우리 몸도 따라 흔들릴 때면
멈춰야 할 때를
너무 많이 지나온 건 아닌지
자주 뒤돌아봐야 하는 것도
그 때문이다

* 페터 볼레벤, 『인간과 자연의 비밀연대』에서 빌려옴.

목련꽃 그늘 아래

만개한 목련꽃 그늘
아래 놓인 개집 앞
발에 턱을 괸 채 엎드린 흰 개
간혹 네 발을 하늘로 세우기도 하고
목련꽃 흔들릴 때마다
함께 흔들리기도 한다
눈을 감고 검은 코를
벌름거리며 꽃 냄새를
온몸으로 받아들이기도 한다

나를 위해 피어난 꽃들이다
그렇지 않고서야
아무도 살지 않은 지 오래인
빈집에 묶여 있는 나를 찾아와
저렇게 수만 송이로 피어나
함박웃음 지을 리가 없다
어둑한 나의 집을
밤새워 밝혀줄 리가 없다
나의 이야기를 들어줄 리는

더더욱 없다

바람은 불어도
괜찮은 봄날이다

봉평집

제천역 앞 봉평집
묵은 김치에
잘게 부순 김가루 얹은
따뜻한 도토리묵밥
제면기 돌아가는 소리가
무궁화호 레일처럼
끊어졌다 이어진다

어긋난 삶의 흔적처럼
바닥에 닿을 때마다
거친 도토리묵
목 주변에서
함께 덜컹거린다

도계 신기 동해로 넘어가는
무궁화호는
아직 두 시간 넘게
기다려야 하는데
제면기 아래로

가지런히 내려오는 국수
저물어가는 저녁을 향해
조용히 두 손 모은다

열무 한 단
― 코로나 백서 4

재난지원금으로 산
열무 한 단 1200원

된장국 끓이고
물김치 담그고
데치고 무쳐
밥상 위에 올리자
한 상 가득이다

모종 넣고
트랙터로 밭을 고르고
비닐 씌우고
인부 사서 물 줘가며
키웠을 텐데
모종 값도 되지 않을
1200원

트럭에 실어
떠나보낼 때의 그 마음
열무의 가는 발이 되어

돌아오는 저녁
수만의 발 속에
나의 발 함께 포개지는
그런 저녁

밤늦도록
잠을 이루지 못하게 하는
열무 한 단
1200원

마늘 창고

마늘 한 쪽
남기지 않은 채 비어버린
마늘 창고
동네 언니는 키만큼 큰 빗자루로
바닥을 쓸어내린다
마늘 다 어디로 갔느냐고 묻자
모두 팔려나갔다고
저런 창고로 다 갔다며
50년도 더 된 샛강 다리를 막고 선
지은 지 얼마 되지 않은
냉장 창고를 가리킨다
값 잘 받았느냐고 묻자
장사꾼 좋은 일
다 하는 것이라고
농민들 후려쳐서
웃돈 얹어서 파는 거니까
동네 할매들 농사지은 거
다 그렇게 반 토막 나서
팔려나갔다고
장사꾼들 좋은 일 하는 것이라고

그래도 끝까지 웃음을

놓지 않은 채

텅 빈 마늘 창고를

쓸고 또 쓴다

오늘도 너는 괜찮아지는 중이라고
중얼거렸다

쏟아지는 햇볕에 등을 기댄 채
마시는 커피 한 잔

바람이 부는 방향으로
지나가는 기차 소리
새의 날갯짓
붉은 배롱나무 꽃이 지는 소리

아무것도 아무 일도
상상하지 않아도 괜찮아

괜찮다고
그렇게 중얼거리는 것만으로도
느슨해지고 헐거워지는 것들

아무런 일 없이
지나가게 해달라는 것보다
너를 위해 내미는
따뜻한 커피 한 잔

오늘도 너는

여러 번 괜찮다고

괜찮아지는 중이라고

중얼거렸다

재개발 예정 지구를 지나며

교회 예배실

문이 뜯겨 나가고
덧칠 그림처럼

시멘트 속 흙이 다 드러나고
한 면의 절반이 주저앉았는데

그곳을 떠나지 못하는 어둠의 자리
찢기고 뜯기고 허물어진 그 자리

교회 간판도
십자가도 없는 그곳에

노란 애기똥풀

흔들리는 그곳에
돌아와 엎드리기만 하면
두 손 모으기만 하면

누군가 함께 엎드릴 것 같은

네가 어떻게 할 수 없었던 시간들

이제
그만 떠나보내라고
놓아주어도 괜찮다고

오직 그 말을 하기 위한 것이라고

그 어둠의 자리
허물어진 그 자리

노란 애기똥풀처럼

다시

슬픔의 방정식

군대까지 다녀온 조카가
20대 중반도 넘기지 못한 채 세상을 떠난
가톨릭병원 장례예식장 발인식
검은 예복을 갖춰 입은 장례지도사는
모두 둘러앉아 고인을 위한 통곡의 시간을
가지겠다고 조용히 말했다

조카의 관을 잡은 언니가 곡을 시작하자
기다렸다는 듯 나머지 사람들도
무릎을 꿇고 언니를 따라 울었다
스치기만 했던 사돈네 가족들
조카의 친구들까지
관 주변으로 둘러앉아 30여 분을 함께하자
신기하게도 슬픔의 크기가
발인에 참여한 사람 수만큼 줄었다
사돈댁 선산 발치 배롱나무 아래
묻어주고 돌아오면서도
발이 땅에 떨어졌던 것도
함께 울었던 그 시간이 있어서였을 것이다

10년쯤 지나
가까운 이를 남한강이 내려보이는 곳에
묻고 돌아오는데 어떻게 돌아왔는지
기억이 나지 않았다
확실한 것은 시간이 지날수록
슬픔의 크기가
눈덩이처럼 불어난 것이다
그때 그 장례지도사는
통곡의 시간이
고인을 향한 것만이 아니라
남은 이들을 향한 것이기도 하다는 것을
알고 있었음에 분명했다

색

노란 슬픔의 덩어리들
바람에 미끄러진다
붉은 잎들도 함께 쏟아진다
차창에 부딪힐 때마다
잘게 부서지며 펼쳐지는
기억의 잔상들
모두 쓸려간다
파랄랄랄라라

낮은 바람에 쏟아진 건
노란 은행잎
붉게 물든 단풍잎만도
아니었다
상표가 다 벗겨진 채
굴러다니던 반 남은 농약병
유효기간이 지났어도
여전히 유효했던 DDT
혹은 다이옥신

누구의 뜻도 아니었으나

마치 누구의 뜻이었던 것처럼
타들어갔던 시간들
산등성이 물들이고
강으로 흘러내린다
파랄라라
파랄랄라

올려드리지 못한
마지막 기도이기도 했다

아버지의 눈

아버지는 밀양 피난터에서 집안 또래들과 함께
군대에 끌려갔다고 종고모님께서 전해주셨다
집안의 유일한 어른이셨던 작은할아버지는
피난 잘못 갔다고 울면서 집으로 돌아오셨다
그중의 하나였던 아버지는 눈을 다쳐 전역을 하셨고
의안인 한쪽 눈을 가리기 위해
평생 검은 뿔테 안경을 쓰고 다니셨다

동네 아이들은 그런 아버지를 놀려댔지만
아버지는 두 바퀴가 굴러갈 때마다 삐걱이는
자전거를 끌고 못 들은 척 지나가셨다
그 아이들은 커서 모두 어른이 되었지만
아버지가 세상 떠날 때까지
아무도 아버지를 찾아와 용서를 구하지 않았다

그런 아버지는
자식들에게는 공부하라고 말하지도 않으시고
구심이라는 약을 한 줌씩 털어넣으며
그냥 하루하루 살아냈다
동네 이장도 반장도 어떤 감투도 쓰지 않았고

맡긴 적도 없었던 것 같다
하나 있는 남동생은 미군부대 하우스보이로 일하던
때이기도 했다

그마저도 고시 공부하다가
마음을 다쳐 송아지를 팔아
정신병원에 입원시키고 돌아오던 아버지의
가로등 하나 없는 어두운 길목
지금이라도 아버지의 눈이 되어
밝은 등불 환히 밝히고 싶다

봄맞이꽃

그 지역의 유일한 병원이었던 그곳의 요양보호사들은 지쳐 있었고 키가 침대 끝까지 닿는 데다 살이 여전히 빠지지 않고 있었던 엄마는 피하고 싶은 일에 가까웠을지도 모른다 그런 요양보호사를 피해 엄마는 어딘가로 가고 싶어 했지만 도망치기엔 너무 먼 시간에 닿아 있었다

고작 휠체어를 타고 병원 옆 미용실에 가서 염색물이 다 빠진 흰머리를 자르고 돌아온 게 다였지만 붉은 접시꽃처럼 타오르던 바깥의 뜨거운 열기 덕분인지 텅 빈 초점이 모처럼 오연히 살아나 이야기를 들려달라고 했다 마치 수계를 달리하는 먼 강에 살고 있던 내가 이곳에 온 것은 병간호 때문이 아니라 이야기를 들려주기 위해서였고 엄마는 이제야 그 이야기를 들을 준비가 되었다는 듯이

그 순간만큼은 요양보호사의 눈치를 봐야 하는 할머니도 그렇게 하염없이 누워 주저앉은 척추가 붙기를 기다려야 하는 환자도 아니었다 당황한 것은 내 쪽이었다 어쩌면 엄마는 이미 다 알고 있었을지도 모른다 들어야 할 쪽은 엄마가 아니라 나였다는 것을 내가 그곳에 간 것도 엄마가 들려주

는 이야기를 듣기 위해서였다는 것을

　그것이 있는 자리는 노란 씀바귀보다 하얀 민들레보다 분
홍 꽃무릇보다 더 낮아서 무릎을 낮추고 눈을 낮춰야만 보
인다는 것을 올해도 어김없이 먼 길 오셔서 길 가장자리 하
얗게 밝히신다

그레고리안의 저문 강

읽던 책마저 덮고
저물어가는 강을 바라본다
휘몰아치던 진눈깨비가
멈춰서기를 몇 번
이제 함박눈이다
저문 강도 그렇게 흘러갈
것이라는 것을
이미 눈치챈 것인지
어두운 강물 위로
그레고리안 성가가 울려퍼지고
마지막 탄전지대 도계로
넘어가는 기차가
철커덩거리며 강을 건넌다
바퀴가 철로에 부딪힐 때마다
간혹 끊어졌던 기억들이
노래에 섞여
아래 강으로 이어지고
눈은 여전히 방향을 잃은 채
떠돈다

제4부

그 개의 마음은 어땠을까

음주운전 벌금 1200만 원에 걸린
혼자 살던 주인이 감옥에 들어가자
혼자 동네를 떠돌던 개
잘 먹지 못해 뱃가죽이 등에 가 붙었다
볼 때마다 먹을 것을 챙겨주던
언니를 보면 멀리서도 알아보고
달려와 주변을 빙빙 돌기도 했다지만
누군가의 신고로 군청에서 데리고 갔다는데
어릴 때부터 말을 못 하는 주인은
누구에게 개의 식사를 부탁하고 간 것일까
언니는 물어볼 데도 없다고
나에게만 전화로 이르고 또 이른다

이게 무슨 필사냐고 말하지만

암에 세 번 걸린 언니는
엄마가 돌아가신 후
거의 그대로인 집으로
돌아왔다

오자마자 모든 것을 다 버렸다
마치 그 일 때문에 온 것처럼
찻잔 한 개도 남기지 않았다
심지어 텃밭의 흙조차
새 흙으로 실어 왔다

필사를 시작하기 시작한 것은
버릴 것 다 버리고
고칠 것 다 고치고
텃밭에 심고 싶은 거 다 심은 뒤였다

안 보는 수필집 있으면 보내달라고 해서
뭐 하려고 그러느냐고 하자
베끼려고 한다고

책을 베끼면 얼마나 좋은지 모른다고

읍내에 다녀와서도
교회에 다녀와서도
병원에 다녀와서도
그 일을
멈추지 않았다

언니에게 필사는 기도였다
매일 올려드리는 그 기도는
5년이 지난 지금도
멈출 줄 모른다

소나무에게

늘 그 자리에 서서
자신의 자리를 지키는
네가 좋아

가까이 다가가도
속마음을 드러낸 적
없으시던 아버지처럼
너무 반가워하지도 않고
멀리 돌아가도 미워하지 않는
네가 좋아

누가 봐주지 않아도
자신의 색을
잃지 않는 네가 좋아
꼭 무엇이 아니어도
있는 그대로의 네가 좋아

나는 오늘도
너에게로 가서

있는 그대로의
나를 보여주고
돌아왔다

무중력을 배울 시간

밖으로 나가 걸어보세요
꼭 만 보가 아니어도 괜찮아요
천 보라도 아니 한 걸음이라도 괜찮아요

걷다 보면 연보라색 노루귀도 만나고
흰 괴불나무 꽃도 만날 거예요
노란 생강나무 꽃도 마주치겠죠
벼랑 끝에 피어난
동강할미꽃도 볼 거예요
너무 빨리 지나치다 놓친 것들
잠시라도 괜찮아요

귀를 쫑긋 내밀고
봄 마중 나온 노루귀에게는
환하게 웃으며 말을 걸어주세요
흰 괴불나무 꽃에게는
그렇게 자주 흔들려도
괜찮은 거냐고 물어보세요
벼랑 끝에 매달려서도
하늘을 향해 목을 세운

동강할미꽃에게는
수고했다고 손을 흔들어주세요

돌아올 즈음에는
뭔가 지나갔다는 것을 알게 될 거예요
그렇게 잠시 쉬어 가도 괜찮아요

한반도 습지 1*

　너는 바람이었고 서쪽으로 거슬러 오르는 강의 다른 이름이었고 이른 봄을 깨우는 습지의 붉은 딱따구리이기도 했다 네가 그곳에 있다는 건 내가 살아가는 곳이 아직은 괜찮은 곳이고 새로운 지구를 찾아 떠나지 않아도 된다는 신호, 혼자의 힘으로 바뀌는 건 없다고 그건 기록되지 않는 시간 같은 것이라고도 했지만 여기는 그 어느 곳에서든 닿기에 너무 먼 곳, 1인 시위, 너를 지키기 위한 게 아니라 나를 지키는 시간 어름치처럼 물길을 거슬러 오를 용기도 나무를 쪼는 부리도 없는 나의 연대, 그것은 약한 자가 내미는 손을 강한 자가 붙들어주는 게 아니다 강한 자가 내미는 손을 약한 자가 잡는 것 또한 아니다 약한 자들끼리 손이든 발이든 자신이 가진 것을 보여주는 것이다 붉은 부리로 숲을 깨우고 좀 더 먼 곳까지 닿는 강을 향한 노래여도 그게 무엇이어도 이어져 있으면 된다 그렇게 말하는 순간 나는 바람이고 서쪽으로 거슬러 오르는 강의 다른 이름이고 이른 봄을 깨우는 습지의 붉은

　* 강원도 영월군 한반도면 서강 일대.

한반도 습지 2
— 옥수수 연대기

하얀 알갱이
입안에서 터지는 서강 옥수수 알갱이
석회보다 더 하얗고
부드러운 알갱이
톡 톡 토―ㄱ

강에서 불어오는 바람은
더 많은 석회를
옥수수밭으로 실어 나른다
우리의 몸은 점점 더 무거워진다
초록의 기억은
공장에서 나가는 기차 소리와 함께
점점 더 멀어진다
말하라 말하게 하라
무슨 말이든 하게 하라
말은 힘이 세다는 것을
연대는 그보다 더 힘이 세다는 것을

농부는 오늘도
1인 시위를 하고 왔노라고

같은 수계에 살고 있는
물새들만
시위 내내 연대하고 갔었노라고
일러주고 또 일러준다
우리는 또 다른 그다
일러주겠다
일러주겠다
당신이 우리에게 일러준 그 말들
한 자도 빠짐없이 일러주겠다
돌아 흐르는 저 서강에게
강의 물살을 닮은
둥근 돌에게도 일러주겠다

우리는 우리의 말을 잃어가고 있는 중이다
우리들의 부모는 회색 어둠에서 살아남지 못했다
종족의 몰락이 마음을 뒤흔든다*
어두운 가장자리 환히 밝히던
주홍 원추리꽃 노란 달맞이꽃도
밭에 엎드린 누런 담뱃잎처럼
우리도 시들어갈 것이다

서강의 바람과 물
하늘도 믿었던 우리들의 시간
잎이 타들어간다
뿌리가 썩어 들어간다
바람이여 햇볕이여 한반도 습지여
말하라 말하게 하라
무슨 말이든 하게 하라
말은 힘이 세다는 것을
연대는 그보다 더 힘이 세다는 것을

하얀 알갱이
입안에서 터지는 옥수수 알갱이
석회보다 더 하얗고
부드러운 알갱이
톡 톡 토-ㄱ

* 게오르그 트라클, 「헬리안」(『몽상과 착란』)에서 빌려옴.

한반도 습지 3

내가 아무리 간절하다고 해도
서강에 기대어 사는
물까치보다 못하다는 것을

내가 아무리 간절하다고 우겨도
한반도 습지
굽은 소나무에 기대 우는
매미 울음소리에 가닿지
못한다는 것을

내가 아무리 간절하다고 내세워도
배추 농사를 짓는
농부의 마음에
미치지 못한다는 것을

그럼에도
수요일 아침마다
군청 네거리에 서서
산업폐기물 매립장 반대

피켓을 드는 것은

내가 지켜내려 했던 것들이
나를 지켜주리라는 것을

일상의 풍경들이 무너지면
나 또한 무너지리라는 것을

한반도 습지 4
— 오래된 미래

가까운 강에서 날아온

꼬리가 긴 물까치는

그 강의 상류를 지키기 위한

것임을 어떻게 알았는지

네거리 플라타너스 왕벚꽃나무

바쁘게 옮겨 다니며

연대사를 하느라 바쁘다

지나가던 길냥이들은

같은 길냥이인 줄 알고

옆에 엎드려 털을 고른다

자전거를 타고 지나가던 아이들도

다가와 주변을 빙빙 돈다

노란 조끼를 입고

공공 근로를 하시던 어르신도 다가와

무엇 때문에 이 더운데

혼자 서 있느냐고

물으신다

1인 시위는

끝까지 혼자 서서 해야 하지만

혼자가 아니라는 것을

알게 되는 시간이기도 하다

한반도 습지 5
— 서강에서

강이 아래로
힘차게 내려가는 것은
거슬러 오를 때가
있다는 것을 알기 때문이다

마치 이날만을 기다려온 것처럼
한반도 습지에서 서강은
아래로 내달리던 걸음 멈추고
거슬러 오른다
뗏목을 모는 사공의 어깨에도
힘이 들어간다

돌상어 꾸구리
어름치와 묵납자루도
한반도 습지
하얗게 밝히는 쑥부쟁이
층층 둥글레도
거슬러 오른다

그러다 아프면 기대라고

붉은 수수밭 물들이는
노을이 되라고
저무는 강과 함께 저물라고
간혹 석회 공장에서 날아온
회색 가루 털어주기도 하라고

거슬러 오르는 것도
흐르는 것이다

한반도 습지 6
― 우리는 강에 기대어 산다

영월 사람들은 강에 기대어 산다
동강 사람들은 동강에
서강 사람들은 서강에 기대어 산다

따로 사는 것 같지만
서로에게 기댄 채 살아가는
연리목처럼 한 몸이다
아플 땐 같이 아프다

동강에 댐이 들어선다고 했을 때
서강 사람들도 붉은 깃발 들었다
서강에 산업 폐기물 들어온다고 할 때
동강 사람들도 같은 깃발 들었다

꼭 동강에 기대 살지 않아도
서강에 기대 살지 않아도
강이 아플 때
같이 아파하면
모두 영월 사람들이다

그런 강이 아프면
기댈 데가 사라지고
결국 같이 아프다는 것을 알면
영월 사람들이다

오늘은 영월이 좀 더
넓어졌다
영월이 더 길어졌다

한반도 습지 7
― 1인 시위

너의 몸 속으로 일상처럼
흘러드는 녹색 형광물질 우라닌을
상상하고 싶지 않았을 뿐

수계를 달리하며 더 먼 강으로
이어질 때에도
오직 너라고 부를 수 있는 것

한반도 습지의 어머니이며
아버지이기도 하여
60km의 직선거리를 220km를
돌아 흐르면서도
잠시도 흐르기를 멈추지 않았던
너를 지켜내는 일은
우리를 지켜내는 일

나는 오늘 한반도 습지의
굽은 소나무가 되었네
비바람이 몰아쳐
때로는 껍질이 벗겨지고

가지가 부러질지라도
너를 향한
내 마음 내려놓지 않으리

수계를 달리하며 더 먼 강으로
이어질 때에도
너라고 부를 수 있는 것

우라닌도 산업폐기물도 아닌
1억 5천만 년 전부터
흐르기를 멈추지 않았던
너의 변함없는 일상이
지켜지기를 바랐을 뿐이다

한반도 습지 8
― 서강의 성자

눈 덮인 얼음의 가장자리 끝에
모여선 흰 고니 가족들
겨울에도 흐르기를 멈추지 않는
강물을 내려보며
저녁 기도를 올린다

코로나의 어두운 겨울에도
기댈 강과 습지를
허락하시니 감사합니다

간절히 구하옵기는
서강의 상류
한반도 습지를 가로지르는
석회 광산의 거대한
컨베이어 벨트를
이제는 멈추게 하소서

일용할 양식에
분진처럼 쌓이는
하얀 석회 가루로

땀 흘린 농부들의 손길이
헛되지 않게 하소서

긴 기도 끝에 건져올린
어름치 한 마리
한 끼
양식으로 족하다

한반도 습지 9
― 한반도 습지 생태 보고서

강과 강이 만나
위로 거슬러 오릅니다
그래야만 보이고 들리는 것들

가까운 시멘트 공장
60년 된 회색 수송관 아래로
5억 년 전부터 흐르는 일을
멈추지 않은 서강이 있다는 것을
알게 된다면

꽁꽁 언 강조차 녹이는
한반도 습지가 있다는 것을
알게 된다면

어딘가에 흐르기를 멈춘 채
강어귀 하얗게 밝히는 왕제비꽃들처럼
나를 향해 두 손 모으는 곳이 있다는 것을
알게 된다면

모두가 잠든 깊은 밤에도 홀로 깨어

돌아오기를 기다리는
강이 있다는 것을 알게 된다면

시멘트 공장의 거대한 소성로 앞에서도
주눅 들지 않고 당당하게
마주 서게 될 것이기 때문입니다

오늘 그곳으로 가서
강의 손을 잡고 돌아왔습니다
습지가 더 넓어졌습니다
어깨도 같이 넓어졌습니다

하송리 두물머리에서

원래의 색을
스스로 버리기도 하고
수계의 산을 닮은 물빛으로
서로의 몸속으로 스며들어
남한강이 되는 것을
함께 바라보는 일

때로는 물안개로 은폐되고
가려지기도 하는 시간들
같은 곳에 서서
함께 바라본 그 강을
기억하는 일들이 다른 것은
바로 그런 이유

더 넓은 강으로
흐르기 위해서는
더 멀리 닿기 위해서는
자신의 색을 버리기도
해야 한다는 것을

긴 장마를 기다려
모든 것 뒤로한 채
높고 깊은 물살에
두려움 없이 몸을 던졌던
천 년 된 금강송처럼
흔들림 없이 나아가는 물길에
몸을 맡기기도 해야 한다는 것을

오직 이 한 날
강둑 가득
물이 차오르기만을 기다려온
떼꾼들의 아리랑에
자신을 내맡기기도
해야 한다는 것을

기대어야 산다

아무리 기대고 싶어도
기대지 못하는 꽃이 있다

아무리 기댈 곳 찾아도
기댈 곳 없는 나무도 있다

그럴 때조차도
바람은 모든 꽃들에게
기댈 언덕이다

그럴 때조차도 햇볕은
홀로 선 나무에게
기댈 우주이다

그곳에 깃드는
나비와 새는
선물이다

귀가의 권리

맹문재

"뭐라도 먹어야지."
엄마가 말했다.
"뭐라도 먹어야지, 은정아."
엄마가 말하고 있었다.

— 현효정, 「연필 샌드위치」[1] 중에서

1.

김용아의 시작품들에서 눈길을 끄는 문장은 "집으로 돌아가
(오)지 못하다"이다. '못하다'라는 부정 서술어 앞에서 숨이 멎
는다. 원래의 있던 곳으로 다시 돌아갈 수 없는 형편에 놓인 사
람들의 얼굴이 떠오른다. 그들은 추위와 더위와 비바람을 피
하지 못할 뿐만 아니라 가족 공동체를 이루지 못하는 것이다.

---

1 한국현대소설학회 편, 『2023 올해의 문제소설』, 푸른사상사, 2023, 359쪽.

가족의 한 구성원으로서 식구들과 함께할 수 없다는 것은 큰 슬픔이고 불행이다. 시인은 그와 같은 처지에 놓인 사람들을 외면하지 않고 끌어안는다. 그들의 불행이 개인적인 차원에서 연유한 것이 아니라 사회적이고 시대적인 상황과 밀접하게 연관되어 있다고 인식한다. 그러므로 집으로 돌아가지 못한 사람들에 대한 시인의 포옹은 오늘날 가족의 형태가 다양해지고 이혼과 미혼이 늘어나면서 유대감이 약해지는 추세를 반영한 것과는 차원이 다르다.

시인은 "집으로 돌아가지 못한/이들이 무사히 돌아가게 하는 일"을 "강이 있는 그대로 흐르게 하는 일"(「시인의 말」)이라고 말할 정도로 귀서(歸棲)를 중요하게 여긴다. 한 사람이 자기의 집으로 돌아가는 것을 작품의 토대일 뿐만 아니라 궁극적으로 추구할 가치로 삼는 것이다. 시인에게 사람들의 무사 귀가는 단순히 의식주를 해결하는 차원을 넘는 삶의 과정이자 행복의 표상이다. 물질주의와 비인간화가 심화하는 현대사회를 극복하는 토대이다.

현대사회에는 집으로 돌아가지 못하는 사람들이 많다. 산업재해자, 외국인 노동자, 국가폭력 희생자, 역사 희생자 등인데, 시인은 그들 중에서 노동자들을 우선 호명한다. 지속적인 경제성장을 이루면서 노동자의 수가 2천만 명에 이를 정도로 사회적인 비중이 높아졌지만, 열악한 노동 조건으로 말미암아 많은 노동자들이 집으로 돌아가지 못하기 때문이다. 1997년 외환위기 이후 구조조정으로 인한 비정규직 노동자의 양산

등 고용불안이 크게 확산하고 있다. 대기업 노동자와 중소기업 노동자 간에는 물론 정규직 노동자와 비정규직 노동자 간의 임금 격차도 심화하고 있다. 노동시간도 길고, 산업재해도 많이 일어난다. 시인은 이와 같은 노동 환경에서 집으로 돌아가지 못하는 그들을 품는 것이다.

2.

> 뜻밖의 긴 기다림 끝에 다가온 것은 나를 기다리던 익숙한 손길이 아니었어요. 그때 들었어요. 그녀가 작업장에서 돌아오지 못했다는 것을요. 저도 당연히 쓰레기통 속으로 버려졌지요. 닳아 없어지지 않은 채 사라지는 것들의 마지막은 어쩌면 닮은 것 같습니다. 하루 내내 모래바람이 일어나는 붉은 행성을 지나 어딘가로 끊임없이 나를 찾아 떠나는 희미하게 빛나는 별 비누 거품을 내며 손을 깨끗이 씻은 누구나 집으로 돌아가게 하고 싶은 그 마음이 언젠가 그녀를 집으로 돌아가게 해줄 것이기에 그곳에 가닿는 일은 좀 더 늦어도 괜찮을 일입니다.
>
> —「비누 연습−집으로 돌아가지 못한
> SPC 노동자를 위하여」 부분

위의 작품에서 "비누"는 한 여성 노동자가 "작업장에서 돌아오지 못"한 사실을 안타까워하고 있다. 그녀는 작업이 끝나면 비누로 "거품을 내며 손을 깨끗이 씻"고 집으로 돌아가곤 했다. 그렇지만 안전사고를 당했기 때문에 그녀의 일상은 소멸

하고 말았다. 비누는 그녀가 집으로 돌아갈 수 있기를 바라고 있다. 집으로 돌아가고 싶어 하는 그녀의 간절한 마음이 언젠가 "집으로 돌아가게 해줄 것"이라고 소망하는 것이다.

집으로 돌아가지 못하는 여성은 "SPC 노동자"이다. 실제로 SPC 계열사의 제빵공장에서 반죽 기계와 소스 교반기에 끼인 사고로 사망한 여성 노동자들이 있었다. 회사가 기계를 제대로 점검하지 않아 일어난 안전사고였는데, 노동자가 숨진 다음 날에도 그 기계를 가동한 데서 보듯이 회사가 노동자를 인격적으로 대우하지 않았기 때문에 발생한 것이었다.

SPC그룹은 "창업의 모태가 됐던 삼립식품(Samlip)과 샤니 (Shany)를 의미하는 'S', 국내 베이커리 브랜드 1위의 자리를 굳건히 지키고 있던 파리크라상(Paris Croissant)의 'P', 그리고 비알코리아(BR Korea)를 비롯해 앞으로 그룹의 새로운 가족을 의미하는 그 외 계열사(Other Companies)의 'C'"[2]가 모인 종합 식품회사이다. 글로벌 프랜차이즈인 파리바게트, 던킨도너츠, 배스킨라빈스, 파리크라상, 파스쿠찌 등을 가진 국내 최대의 식품업체인 것이다. 그렇지만 노동자의 불법 파견과 반복적인 산업재해의 발생으로 사회문제를 일으키고 있다. 민주노총에 가입한 노동자들에게 승진, 매장 배치, 육아휴직 등에 대한 불이익을 협박으로 내세워 노조 탈퇴를 종용하기도 했다. 이에 분노한 시민들이 "피 묻은 빵을 먹을 수 없다"라며 불매운동을 벌였다. 위

---

2   https://www.spc.co.kr/spc-group/history02/

의 작품도 안전사고로 귀가하지 못하는 한 여성 노동자의 비극적인 상황을 제시하며 반(反)노동기업을 고발하고 있다.

평화시장 내가 떠난 그곳으로 들어와
시다가 된 열네 살 완희는
강원탄광에서 시퍼렇게 져버렸고
그게 마지막이길 두 손 모았으나
이 길에는 왜 끝이 보이지 않는지
마트 계산대 반도체 공장에서
12시간 16시간
잔업으로 쓰러지거나
병들어 서서히 죽어가거나
무너진 비계 더미에 깔리거나
지하철 스크린 도어에 끼이거나
시멘트회사 발전소
끼인 컨베이어 벨트에 또 끼여
마지막 말 한마디 남기지 못한 채
져버린 내 누이여 아우여
너희들만은 어두운 곳
환하게 밝히는 구절초처럼
산허리 붉게 물들이는
꽃단풍으로 살라 하였으나
지구를 몇 바퀴 돌고도
멈추지 못하는 배달 라이더들처럼
반세기를 돌고 돌아
스물두 살 그날 그 자리
오늘 나는 불길 속으로 던졌던

근로기준법을 꺼내 다시 펼쳐 든다
저 먼 곳 꽃단풍이 걸어온다
　　　—「너희들은 꽃단풍으로 살라 하였으나—전태일 열사
　　　　　　50주기에 부쳐」 전문

　위의 작품은 온몸에 석유를 끼얹고 "근로기준법을 준수하라!" "우리는 기계가 아니다!" 등을 외치며 근로기준법의 화형식을 집행한 전태일 열사의 시선으로 오늘의 열악한 노동 환경을 안타까워하고 있다. "강원탄광에서 시퍼렇게 져버"린 "완희"의 길이 "마지막이길 두 손 모았으나" 그 길의 끝이 보이지 않는다. 노동자들은 "마트 계산대"며 "반도체 공장에서" "12시간 16시간/잔업으로 쓰러지거나/병들어 서서히 죽어가"고 있다. 또한 "무너진 비계 더미에 깔리거나/지하철 스크린 도어에 끼이거나/시멘트회사 발전소/끼인 컨베이어 벨트에 또 끼여/마지막 말 한마디 남기지 못한 채" 집으로 돌아가지 못한다. 그리하여 전태일은 "불길 속으로 던졌던/근로기준법을 꺼내 다시 펼쳐 든다". 노동자는 기계가 아니다, 노동자들을 혹사하지 말라, 근로기준법을 준수하라 등을 또다시 외치는 것이다.
　위의 작품에서 소개된 "성완희"는 1959년 충북 제천 출생으로 강원도 태백시에 위치한 강원탄광 광부였다.[3] 그는 작업장

3　이 시집에는 「동백산행 기차」 「여름 옥수수」 「폐재에서」 「배관공의 비눗갑」 「더 먼 곳에서 돌아온 남자」 「그레고리안의 저문 강」 「어느 봄날에」 등 광부나 광산촌을 제재로 한 작품들이 많다.

동료인 이기만과 파업을 주동한 뒤 회사 측의 지속적인 탄압으로 두 차례나 부당해고를 당했지만, 동료들의 헌신적인 투쟁으로 복직했다. 그의 복직을 도와준 혐의로 이기만이 해고되자 다시 투쟁을 전개해 노동부와 지방 노동위원회로부터 복직 판정을 받아냈다. 그렇지만 강원탄광은 판정을 무시하고 그의 복직을 거부했다. 이에 이기만은 단식에 돌입하였고 동료들도 투쟁에 참여하였다. 성완희는 이기만이 단식 투쟁을 시작한 지 8일째 되는 날 동료 5명과 함께 휘발유 1통, 석유 1통을 들고 노조사무실에 들어가 문을 못질하여 폐쇄하고 단식 농성에 돌입하였다. 구사대원들이 문을 뜯고 창문을 깨고 진입을 시도하자 그는 "들어오면 분신하겠다"고 외쳤다. 구사대원들이 그의 경고를 무시하고 쇠파이프와 각목을 들고 난입하자, 그는 휘발유를 끼얹고 성냥불을 그었다. 전태일 열사가 앞서 했듯이 그는 "광산쟁이도 인간이다. 인간답게 살아보자."라고 절규하며 29살의 청춘을 불사른 것이었다. 그는 온몸에 화상을 입고 죽음과 싸우다가 1988년 7월 8일 운명하였다.[4]

김용아 시인은 위의 사례들뿐만 아니라 집으로 돌아가지 못하는 또 다른 노동자들을 품었다. 일용직이라고, 일한 지 얼마 되지 않는다고, 또 비정규직이라고 안전화를 지급하지 않아 공사장에서 "미끄러지고 떨어져/집으로 돌아가지 못한 사람

4　민족민주열사 희생자 자료집, 『끝내 살리라 1』(증보판), 민족민주열사 희생자 추모(기념) 단체연대회의 · 전국민족민주유가족협의회 · 전국민주노동조합총연맹, 2005, 284~285쪽.

들"(「감색 안전화 한 켤레」), 배를 만들고 공장의 기둥을 세우고 다리를 세우는 용접공들 중에서 "깔리고 눌리고 떨어"지거나 "소리조차 내지 못한 채"(「용접공」) 집으로 돌아가지 못한 이들, "거대한 부조리의 단단한 벽을/짧은 연필 하나로 허물"다가 "급성 스트레스증후군"(「르포가 되어버린 르포 작가」)을 털고 일어나지 못한 르포 작가 등이다.

안전사고를 당하지 않았지만, 집으로 돌아가지 못하는 이들도 외면하지 않았다. "강과 가장 가까운 계단에 앉아/영상통화를 하는 외국인 노동자들", 그들은 강물처럼 낮은 식구들의 목소리를 통화로 들을 뿐 "끝내 어두워지는 강을 넘지 못"(「저물녘의 강」)했다.

시인은 온갖 어려움을 이겨내고 집으로 돌아온 노동자의 손도 잡았다. "마흔 넘어 뒤늦게 결혼해서/아이도 낳았다는데" "프레스에 오른 손가락/네 개가 달아"(「돌아온 손」)난 노동자나, "20대 중반도 되기 전에/날선 프레스에/두 팔을 바"(「행진」)친 노동자 등이다. 작업장으로 돌아온 노동자도 호명했는데, 작업장은 노동자의 삶을 영위하는 또 다른 집이라고 볼 수 있다. "태백 공무원노조 지부장이"던 "조규오 위원장"은 공무원의 노동 기본권을 주장하다가 "해고된 지 17년 만"(「어떤 복직식」)에 복직했다. "영원한 해고 노동자로/남지 않기 위해서가 아니라/있어야 할 곳에/자신의 두 발을/내려놓"(「리멤버 희망버스」)으려고 복직 투쟁하는 노동자도 있다. 시인은 집으로 돌아가지 못하는 노동자들뿐만 아니라 집으로 돌아가려고 애쓰는 노동자들을 포옹한 것이다.

3.

　　　서울에서 151번 버스를 타고
　　　다니던 소녀상
　　　영월까지 내려왔다

　　　라디오스타 야외 박물관
　　　동해 바다를 뒤로한 채
　　　앉은 소녀는
　　　곧 건너야 할 바다의
　　　깊이를 알지 못하는 듯
　　　의자에 앉아 있다

　　　그날 이후
　　　소녀는 집으로 돌아가지 못했다
　　　먼 길 돌아
　　　이곳에 다시 앉은 이유는
　　　단 하나
　　　돌아가기 위해서였다
　　　집으로

　　　　　　　　　　　　　　　　—「먼 길」 전문

위의 작품은 강원도 영월에 소재하는 "라디오스타 야외 박물관"에 세워진 평화의 소녀상을 그리고 있다. 소녀상이 세워진 "그날 이후/소녀는 집으로 돌아가지 못했다". 소녀상이 집으로 돌아가지 못하는 것은 당연하지만, 그것 이상으로 안타깝고 슬프고 분노가 인다. 조선 여성들이 일제의 만행으로 인권을 유린당하고 목숨을 잃은 역사를 공유하고 있기 때문이다.

일제는 정신대를 통해 조선 여성들의 노동력을 수탈했을 뿐만 아니라 위안부를 통해 성을 착취하는 범죄를 저질렀다. 중일전쟁과 태평양전쟁을 치르는 동안 일본군의 성적 욕구를 해소하기 위해 조선 여성들을 징용, 납치, 매매 등의 방법을 동원해 전선으로 수송한 뒤 성노예로 삼은 것이다. 조선 여성들뿐만 아니라 중국, 필리핀, 태국, 베트남, 말레이시아, 인도네시아, 네덜란드 등 일본이 점령한 국가의 여성들도 착취당했다. 피해 여성들의 증언에 따르면 성폭행뿐만 아니라 구타, 가해, 굶주림 등 이루 말할 수 없는 학대를 받았다.

그렇지만 일본 정부는 위안부의 피해를 인정하지 않고 있다. 오히려 문서상 근거가 없다거나, 정당한 대가를 받았다거나, 자발적으로 참여했다 등으로 왜곡시킨다. 일본군 위안부로 징집된 조선 여성들의 전체 인원은 정확한 자료가 발견되지 않아 알 수 없으나, 약 20만 명 정도로 추산된다. 그 많은 여성이 위안부로 동원되는 과정에는 친일 조선인들의 조력이 있었을 것이다. 그러나 위안부 조달에 나선 조선인은 한 명도 처벌받지 않았고, 양심선언이나 사죄한 사람도 없었다. 한국 정부가 위안부의 문제에 얼마나 소극적으로 대처했는지를 알 수 있다.

　평화의 소녀상 건립은 일본이 반인륜적인 범죄를 합법화하는 데 맞선 시민운동이다. 일본군 위안부 피해자들의 명예와 인권을 일본 정부에 의해 회복하는 것이 불가능해지자 시민들이 자발적으로 나선 것이었다. 1992년 1월 8일 일본 정부의 사과, 책임자 처벌, 진상 규명, 적절한 배상 등을 요구하며 첫 수요집회를 시작한 지 1,000회째인 2011년 12월 14일 서울 종로구에 위치한 일본대사관 앞에 처음으로 평화의 소녀상이 세워졌다. 그 이후 국내의 여러 장소와 해외 각지에 세워졌다. 짧은 단발머리에 치마저고리를 입고 손을 움켜쥔 소녀가 의자에 앉은 채 먼 곳을 응시하고 있는데, 집으로 돌아가고 싶어 하는 눈빛은 간절하다. 화자는 그 소녀가 "먼 길 돌아/이곳에 다시 앉은 이유는/단 하나"라고, 즉 "집으로" "돌아가기 위"한 것이라고 말한다.

　　새들은 영월 서강(西江)에 와서 자신의 발자국을 남긴다

　　검은 새벽

　　도시의 새들이 서강의 강변에 다다른 이유는
　　발자국의 숫자만큼이나 다르다

　　어디로든 이어져 있으리라

　　아득한

133

산맥을 넘고
수계를 달리는 동안

접히고 접힌
펼쳐보지 못한 책의 문장들처럼

떠나보내지 못한 시간들

다시 날아오르기 위해 필요한 것은
날개만이 아니다

마지막 발자국
새들이 모두 떠난 아침

여름이 시작되었다

이팝꽃

무리 지어 졌다
        —「이팝꽃─2022. 10. 29. 이태원으로부터」전문

위의 작품은 부제에서 보듯이 2022년 10월 29일 서울시 용산구 이태원 골목에서 발생한 참사를 담고 있다. 사고 당일 이태원에는 핼러윈 축제를 맞이해 많은 사람이 몰려들었는데, 특히 해밀턴호텔이 있는 좁은 골목길 경사로에 인파가 밀리면서

압사 사고가 발생했다. 2014년 304명이나 사망한 세월호 침몰 사고의 충격이 채 가시기 전에 일어난 참사여서 국민들은 큰 충격을 받았다. 시민들이 일상생활을 영위하는 도심 한복판에서 159명이나 사망했다는 사실이 믿기지 않는 것이었다.

경찰은 핼러윈 축제에 10만 명 정도의 시민이 모일 것을 예상하고 137명의 경찰 인력을 현장에 배치했지만, 실제로는 30만 명가량이 몰려들었다. 그에 따라 행사의 질서 유지와 안전 지키기가 어려웠다. 더욱이 참사 발생 전에 압사 위험에 대한 시민들의 신고가 있었는데도 불구하고 경찰은 무시했다. 용산 대통령실 인근에서 진행된 시민들의 집회에 대처하기 위해 많은 경찰들이 파견되어 재배치하기도 어려웠다. 결국 경찰의 인력 부족과 안일한 대응으로 말미암아 시민들이 희생된 것이었다.

이태원 참사에 희생된 시민들을 "새들"이라고 비유하고 있는 화자는 그 새들이 "영월 서강(西江)에 와서 자신의 발자국을 남"긴다고 인식한다. "검은 새벽//도시의 새들이 서강의 강변에 다다른 이유는/발자국 숫자만큼이나 다르"지만, 공통점을 발견한다. 새들에게 "다시 날아오르기 위해 필요한 것은/날개만이 아니"라 "떠나보내지 못한 시간들"이라는 것이다. 이태원 참사의 희생자들은 20대(67%)와 30대(19%)가 압도적이듯이 그들이 떠나보내지 못한 시간이 많다. "접히고 접힌/펼쳐보지 못한 책의 문장들" 같은 시간들인 것이다. 화자는 "마지막 발자국"에 그들의 시간을 모으려고 한다. 집으로 돌아가지 못하는 그들을 깊게 애도하는 것이다.

국가폭력으로 집에 돌아가지 못한 또 다른 사례는 "미국 미네소타주에서/백인 경찰관 데릭 쇼빈이/비무장 상태인/흑인 조지 플로이드를/바닥에 쓰러뜨린 뒤/목을 누른"(8분 46초) 사건을 들 수 있다. 실제로 백인 경찰관이 흑인 시민을 누른 시간은 9분 29초로 밝혀졌지만, 8분 46초는 검찰이 쇼빈을 기소한 공소장에 적시했듯이 플로이드 사건을 상징한다. 플로이드 사망 사건은 백인의 흑인에 대한 인종차별이 얼마나 여실한지 잘 보여준다. 조지 플로이드가 마지막 순간 "엄마, 숨을 쉴 수 없어요"라고 말한 장면이 그지없이 슬프다.

국가폭력의 희생자들 역시 산업재해자와 마찬가지로 집으로 돌아와도 생애가 평탄하지 못하다. "아버지는 밀양 피난터에서 집안 또래들과 함께/군대에 끌려갔"다가 그만 "눈을 다쳐 전역"했는데, "의안인 한쪽 눈을 가리기 위해/평생 검은 뿔테 안경을 쓰고 다니셨"(「아버지의 눈」)던 것이 그 여실한 모습이다.

4.

너는 돌아올 것이라는 할머니의 말

수용소에서 살아 돌아온 소설의 주인공은

이렇게 쓴다

어떤 말은 사람을 살리기도 한다

편도 비행기
네팔행 아이의 엄마에게 믹스 커피를 드리며
아이는 엄마를 기다릴 것이라고 말한다

떠나는 엄마는 아무런 대답을 하지 않는다
마른 우물처럼 비어버린 눈동자의 바닥은 하늘이다

그곳에 가닿는 일
기도하겠다는 말만 덧붙인다

네팔로 간 아이의 엄마로부터
달빛 소식이 도착한다

지구의 그림자에 서서히 먹히는 달
할머니의 말 그대로
당신은 돌아올 것이라고 수정을 한다

아이에게 검은 어둠보다 빛이 더 가까이 있다고
말한 저녁이기도 했다

　　　　　　　　　　　　　—「가까운 세계」 전문

"너는 돌아올 것이라는 할머니의 말"은 전쟁터에 징집되어

가는 손자가 살아서 돌아온다는 근거가 없다. 그렇지만 살아 돌아왔으므로 그 말의 영험함을 무시할 수도 없다. 헤르타 뮐러(Herta Müller)의 『숨그네』에서 강제수용소로부터 살아서 돌아온 주인공이 "어떤 말은 사람을 살리기도 한다"고 고백한 것도 마찬가지이다. 숨그네(Atemschaukel)는 숨(atem)과 그네(schaukel)라는 독일어를 합쳐 만든 작가의 조어인데, 사람의 숨결이 그네처럼 죽음과 삶 사이에서 흔들리는 것을 의미한다. 그 흔들림에서도 삶을 포기하지 않는 말이 사람을 살리는 것이다.

네팔행 편도 비행기표를 끊고 집을 떠나는 "엄마에게 믹스커피를 드리며" "엄마를 기다릴 것"이라는 아이의 말도 그러하다. 아이의 말에 "떠나는 엄마는 아무런 대답을 하지 않는다". 엄마가 자식을 버리고 모국으로 되돌아가는 데는 그만한 사연이 있을 것이다. 하지만 엄마가 아이에게 돌아와야 할 이유는 그 사연보다 많고도 무겁다. 그리하여 아이의 말이 엄마에게 힘을 준다. "네팔로 간 아이의 엄마로부터/달빛 소식이 도착"하고, 마침내 "할머니의 말 그대로/당신은 돌아올 것이"다.

집으로 돌아가고자 하는 인간의 욕망은 친기즈 아이뜨마토프(Chingiz Aitmatov)의 소설 『백년보다 긴 하루』에서 볼 수 있듯이 가장 근본적인 것이다. 44년 동안 철도 노동자로서 함께 일해온 까잔갑이 세상을 떴다는 얘기를 들은 예지게이는 빨리 그의 곁으로 가려고 한다. 후배 동료들은 작업장에 사람이 부족하고, 죽은 사람이 살아나지도 않는데 꼭 그렇게 할 필요가 있느냐며 이해하지 못한다. 하지만 예지게이는 평생을 함께해온 친구를 텅 빈 집에 놔둘 수는 없다고 단언하고 찾아간다. 또한 친구의 유언을 지켜주기 위해 주위의 반대에도 불구하고 집으로부터 30킬로미터나 떨어진 아나-베이뜨 묘지로 간다. 그곳은 만꾸르뜨(mankurt)[5]가 된 자식을 구하러 갔던 어머니가 오히려 아들이 쏜 화살에 맞아 묻혔다는 전설의 장소이다. 츄안츄안족에게 정복당한 선조들이 포로가 되어 잔인하게 묻힌 장소이기도 하다. 예지게이는 친구가 조상들과 영원히 살고자 하는 그 집으로 돌아가는 데 최선을 다했다.

김용아 시인 역시 집으로 돌아가지 못하는 사람들이 무사하게 귀가할 수 있도록 염원하며 그들의 손을 잡는다. 시인의 행동은 자본주의 시장의 가치 기준으로 보면 이윤이 없다. 기회비용으로 보면 손해가 되는 일이다. 그렇지만 시인은 그들을 부르며 포용하고, 그들의 귀가를 가로막는 세력에 맞선다. 개인적인 슬픔을 토로하는 차원을 넘어 그들의 사회적 존재성

---

5 츄안츄안족은 전쟁 포로들의 머리를 밀고 나서 어미 낙타의 유방을 도려내어 몇 조각으로 나눈 다음 더운 기가 가시지 않은 그 유방을 포로들의 머리에 덮어씌운다. 유방은 접착제처럼 들러붙는다. 포로들은 그 상태로 손발이 묶이고 목에 큰 칼이 씌워진 채 물도 음식도 없이 살을 태우는 사막에 버려진다. 포로들은 굶주림과 목마름보다도 머리에 씌워진 낙타의 생가죽이 말라가면서 죄어드는 압력에 의해 죽어간다. 살아남더라도 과거의 기억을 모두 잊어버린다. 결국 말 못 하는 짐승처럼 주인이 시키는 대로 복종하며 살아가는 만꾸르뜨가 된다. 아이뜨마또프는 죽은 아버지를 추모할 줄 모르고, 현대교육에 조종되어 자기 보신에만 신경 쓰는 까잔갑의 아들 사비찬 같은 사람들을 또 다른 만꾸르뜨라고 비난한다. 친기즈 아이뜨마또프, 『백년보다 긴 하루』, 열린책들, 2002, 528~529쪽.

을 인식시키고, 그들의 불귀에는 국가와 역사의 책임이 있다는 것도 제시한다. 시인의 자세는 사람들이 자기 집으로 돌아가는 질서를 이루는 데 필요한 역할을 한다. 사회적 존재자들에게 귀서는 의무이기도 하지만 권리이기도 하다. 그러한데도 불구하고 많은 사람이 그 권리를 박탈당했고, 지금도 빼앗기고 있다. 시인은 그들을 인간적인 도리로는 물론 사회적인 책임감으로 껴안는다. 아픔에 함몰되지 않고 귀가의 권리를 되찾기 위해 연대하는 것이다.

孟文在 | 문학평론가 · 안양대 교수